Vᵉ RENOU ᴇᴛ MAULDE

IMPRIMEURS DE LA COMPAGNIE DES COMMISSAIRES-PRISEURS

Rue de Rivoli, 144.

6 Mars 1885.

V

CATALOGUE

DES

TABLEAUX ANCIENS

PROVENANT DE LA COLLECTION

De M. de NETZ

Collection de M. de NETZ

VENTE AUX ENCHÈRES PUBLIQUES

DE

TABLEAUX

DE MAITRES ANCIENS

PROVENANT

Du Cabinet de M. de NETZ

PARMI LESQUELS

DES ŒUVRES PAR OU D'APRÈS

Albane — Angosciola — Asper — Bizzelli — Blanchard — Bol
Bonifacio — Le Brun — Cagliari — Carpioni
Corneille — Dorner — Durante — Elzhaimer — Ferrari
Franck — Claude — Gros — Guarento
Herrera — Honthorst — Horemans — Jouvenet — Kneff — Laar
Ledesma — Legi — Lucas — De Machy
Manglard — F. Millet — Palma — Parrocel — Penni
Piazetta — Prud'hon — S. Rosa — Ribera
Rugendas — Solazzo — Sustermans — Tischbein — de Vos
et autres

DONT LA VENTE AURA LIEU

HOTEL DROUOT — SALLE N° 5

Le Vendredi 6 Mars 1885

A DEUX HEURES ET DEMIE

Mᵉ QUÉVREMONT	M. E. GANDOUIN
COMMISSAIRE-PRISEUR	EXPERT
rue Richer, 46	rue Le Peletier, 42

EXPOSITION PUBLIQUE

Le Jeudi 5 Mars 1885, de une heure à cinq heures

PARIS — 1885

CONDITIONS DE LA VENTE

La vente aura lieu expressément au comptant.

Les Acquéreurs paieront CINQ POUR CENT en sus du prix d'adjudication.

DESIGNATION

TABLEAUX

———

1 — **Albane** (D'après François), 1578-1660. Sujet my-
thologique.

Toile. — H. 0^m37. L. 0^m53.

Diane assise dans le ciel, sur un nuage, fait désarmer par
ses Nymphes les Amours.

Cadre en bois sculpté et doré.

2 — **Albane** (D'après François). Endymion entouré des
Amours triomphants, surprend Diane endormie.

Pendant du précédent.

Cadre en bois sculpté et doré.

3 — **Angosciola** (Sophonisbe), 1530-1620, École italienne. Portrait de jeune fille.

Toile. — H. 0^m53. L. 0^m44.

Elle est vue de face, souriant. Sa chevelure, retenue par un
ruban de velours noir sur le sommet de la tête, couvre son
front de petites mèches et se déploie en masses abondantes
derrière ses épaules.

Cadre en bois sculpté.

4 — **Asper** (Jean), 1499-1571, École allemande. Portrait d'homme.

Bois. — H. 0m65. L. 0m51

Buste; il est vêtu de noir et coiffé d'une toque de même couleur. Dans le fond, ses armoiries avec l'année 1557.

Beau cadre doré en bois sculpté.

5 — **Bizzelli** (Jean), élève de l'Alloci, 1556, École florentine. Demi-figure de jeune femme.

Bois. — H. 0m30. L. 0m23.

Cadre noir et or.

6 — **Blanchard** (Jacques), 1600-1638, École française. Saint-Louis abbé.

Toile. — H. 0m27. L. 0m22.

Le crucifix dans la main gauche, qu'il tient appuyé sur un crâne; il prie.

Cadre doré.

7 — **Bol** (Attribué à Ferdinand), 1610-1681, École hollandaise. La Présentation au Temple.

Toile. — H. 0m97. L. 0m91.

La Vierge présente l'Enfant Jésus agenouillée devant le Grand-Prêtre; il s'incline devant le divin Enfant.

Cadre en bois sculpté.

8 — **Bonifacio**, 1500-1562, École vénitienne. Descente de Croix.

Bois. — H. 0m30. L. 0m24.

Cadre en bois sculpté et doré.

9 — **Brun** (Charles Le), 1619-1690, École française. Portrait de femme.

Toile. — H. 0m42. L. 0m34.

Représentée en buste, vue de face. Son corsage ouvert est orné de dentelles.

Cadre en bois sculpté et doré Louis XIV.

10 — **Brun** (Attribué à Le). 1617-1690, École française.
Bacchante.

Toile. — H. 0m75. L. 0m58.

Demi-figure de grandeur naturelle, vêtue d'une robe jaune.
Cadre en bois sculpté.

11 — **Brun** (École de Le). Tête de jeune fille.

Toile. — H. 0m33. L. 0m26.

Cadre noir et or.

12 — **Caglari** (Carletta). 1572-1596. École vénitienne.
Tête de jeune femme.

Bois. — H. 0m30. L. 0m21.

Cadre noir et or.

13 — **Carpioni** (Jules). 1611-1674. École vénitienne.
Sysiphe.

Toile. — H. 0m40. L. 0m38.

Sysiphe veut embrasser Junon et étreint un nuage.
Cadra en bois sculpté et doré.

14 — **Cerquozzi** (Michel-Ange), dit des Batailles. 1601-
1660, École italienne. Halte de cavaliers.

Toile. — H. 0m65. L. 0m91.

Devant une tente, plusieurs cavaliers viennent de s'arrêter.
Une cantinière leur offre à boire.

15 — **Cerquozzi** (Michel-Ange). dit des Batailles. Après
la bataille.

Toile. — H. 0m65. L. 0m91.

Trois cavaliers sont suivis d'un prisonnier à pied.
Cadres dorés.

16 — **Corneille** (Michel). 1642-1708. École française.
Hercule entre le Vice et la Vertu.

Toile. — H. 0m38. L. 0m48.

Beau cadre en bois sculpté.

17 — **Dorner** (Jacques), 1741-1810, École allemande. La Danse du berger.

Toile. — H. 0^m32. L. 0^m22.

Cadre doré.

18 — **Duranti** (Georges, comte), 1680-1785, École vénitienne. Hérons avec leurs petits.

Toile. — H. 0^m34. L. 0^m50.

Sur les bords d'un cours d'eau, une famille de hérons prend ses ébats.

Cadre en bois sculpté doré.

19 — **Durand**, 1680, École française. Fleurs et Fruits.

Toile. — H. 0^m46. L. 0^m55.

Un vase de fleurs, devant des grappes de raisin et de figues. Signé.

Cadre noir et or.

20 — **Ecole florentine** du xve siècle. Portrait de jeune homme.

Bois. — H. 0^m42. L. 0^m30.

Habillé de noir, le cou entouré d'une fraise en dentelle.

Cadre doré.

21 — **Elzheimer** (Adam), 1574-1620, École allemande. Destruction de Troie.

Toile. — H. 0^m40. L. 0^m67.

Effet de nuit. La ville est en feu, on voit au milieu d'une quantité de figures, le cheval des assiégeants. A gauche, Enée fuit portant son père ; des habitants, en foule, se sauvent avec des torches.

Cadre doré.

22 — **Ferrari** (Jean-André), 1598-1669, École génoise. Saint Thomas.

Toile. — H. 1^m21. L. 1^m45.

Cadre en bois sculpté et doré.

23 — **Franck** (Le jeune), 1580-1642, École flamande.
La Vanité.

Toile. — H. 0m92. L. 0m77.

Debout, à mi-jambes, une jeune femme richement vêtue et
parée, se contemple dans une glace. Par une croisée, l'on voit
un palais. Sur le perron, le monogramme et la date 163..

24 — **Gelée** (École de Claude), dit le Lorrain, 1600-
1682, École française. Paysage.

Toile. — H. 0m58. L. 0m44.

Du haut d'une colline, où se trouvent les ruines d'un cirque
romain, les regards s'étendent dans un lointain vaporeux.

Cadre noir et or.

25 — **Gros** (Antoine-Jean), 1771-1835, École française.
Lucrèce.

Bois. — H. 0m35. L. 0m26.

Cadre noir et or

26 — **Guariento** (de Padoue), 1365. La Madone et l'Enfant Jésus.

Bois. — H. 0m55. L. 0m42.

Moulure sculptée et dorée, fixée sur le panneau.

27 — **Herrera** (Attribué au jeune), 1622-1685, École
espagnole. Marchand de gibier.

Toile. — H. 1m10. L. 0m80.

Debout devant son étalage, il offre un lièvre qu'il tient dans
ses mains; près de lui, suspendus, divers gibiers à plume.

Beau cadre en bois sculpté.

28 — **Honthorst** (Guillaume), 1610-1683, École hollandaise. Samson et Dalila.

Toile. — H. 0m74. L. 1m14.

Grande finesse de touche, coloris lumineux.

Cadre doré.

29 — **Horemans** (Le fils), 1714, École flamande. La Cuisinière.

Toile. — H. 1ᵐ11. L. 1ᵐ35.

Entourée de paniers et légumes, vêtue d'un corset rouge, une cuisinière menace un chat qui mange des œufs dans une poêle.

Cadre doré.

30 — **Jouvenet** (Marie-Madeleine), 1670-1760, École française. La Vierge et l'Enfant.

Toile. — H. 1ᵐ69. L. 1ᵐ30.

L'Enfant Jésus, bénissant, est tenu par la Vierge, assise sur un nuage, porté par deux anges. Plusieurs têtes de chérubins.

Cadre en bois sculpté et doré.

31 — **Kneff** (Pierre), vers 1790, École allemande. Éruption du Vésuve.

Toile. — H. 0ᵐ25. L. 0ᵐ34.

Cadre en bois sculpté et doré.

32 — **Laar** (Pierre), dit Bamboche, 1613-1673, École flamande. Halte de Bohémiens.

Toile. — H. 0ᵐ54. L. 0ᵐ84.

A l'entrée d'une grotte, une famille de Bohémiens est occupée de soins domestiques.

Cadre noir et or.

43 — **Larraga** (Apollinaire), 1728, École espagnole. Le More cuisinier.

Toile. — H. 1ᵐ11. L. 1ᵐ33.

Un nègre est occupé à mettre à la broche des volailles, du gibier. Près de l'âtre, un marmiton se tient accroupi et souffle le feu.

Cadre doré.

34 — **Ledesma** (Josseph de), 1630-1670, École espagnole. Sainte Véronique.

Toile. — H. 0^m98. L. 0^m89.

La Sainte, penchée de côté, le visage tourné de face, tient le voile ou sont les traits de Notre-Seigneur.

Cadre en bois sculpté noir et or.

35 — **Legi** (Jacques), 1639. École flamande à Gênes. Nature morte.

Toile. — H. 0^m65. L. 0^m85.

Sur une table sont posés divers ustensiles de cuisine, des paniers et une oie vivante les pattes attachées.

Cadre en bois sculpté.

36 — **Legnani** (Étienne-Marie), 1669-1715, École lombarde. Buste de jeune femme.

Toile. — H. 0^m80. L. 0^m65.

Cadre doré.

37 — **Leyde** (École de Lucas), 1494-1533, École flamande. Le Sauveur.

Bois. — H. 0^m58. L. 0^m43.

Vu de profil, sa chevelure ondoyante descend jusque sur ses épaules.

Tableau d'un précieux fini.

Cadre noir et or.

38 — **Lomi** (Aurélien), 1556-1622, École toscane. La Favorite du Sultan.

Cadre doré.

39 — **Longhi** (Pierre), 1702-1785, École vénitienne. Portrait d'un magistrat.

Toile. — H. 0^m78. L. 0^m57.

Beau cadre en bois sculpté.

40 — **Machy** (Pierre de), 1722-1807. École française. Un
Palais.

Toile. — H. 0m50. L. 0m40.

Une enfilade de colonnes, un portail et un escalier orné
de statues.

Cadre doré.

41 — **Magnasco** (Alexandre), dit Lissandrino, 1681-1747.
École génoise. Paysage.

Toile. — H. 0m60. L. 0m94.

Baie sur les côtes de la Méditerranée.

Cadre doré.

42 — **Manglard** (Adrien), 1688-1760. École française.
Coup de vent.

Toile. — H. 0m39. L. 0m50.

Un navire, les voiles déchirées flottantes au vent. Plus loin,
à droite, un autre bâtiment.

Cadre doré.

43 — **Mattenheimer** (A.-D.). 1811, École allemande. Portrait de la reine Hortense.

Toile. — H. 0m78. L. 0m68.

Coiffée d'une toque de velours vert richement brodée de
perles et de pierreries, elle est revêtue d'un corsage rouge à
manches de satin blanc. Son bras droit est appuyé sur un
coussin de velours gris, elle tient dans ses doigts les cordons
de sa ceinture.

Signé et daté.

Cadre doré.

44 — **Millet** (Francisque). 1666-1723. École française.
Paysage classique.

Toile. — H. 0m97. L. 1m23.

Un étang sur lequel se trouvent des barques. Au bord opposé
on voit un temple, des jardins, des palais. Plus loin, une ville
et des collines.

Grande finesse d'exécution.

Cadre en bois sculpté.

45 — **Paggi** (Jean-Baptiste), 1554-1627. École génoise.
La Vierge et l'Enfant Jésus.

Toile. — H. 0^m66. L. 0^m51.

L'Enfant Jésus est couché sur un coussin, il étend le bras gauche vers sa divine Mère qui penchée sur lui présente son sein.

Cadre doré.

46 — **Palma** (Jacques), dit le jeune. 1544-1628. École vénitienne. La Flagellation.

Toile. — H. 1^m18. L. 1^m09.

Le Christ est appuyé contre une colonne à laquelle deux bourreaux sont occupés à l'attacher. Un troisième, debout, se retourne vers lui, le bras soulevé et la main armée de verges.

Cadre en bois sculpté.

47 — **Parrocel** (Pierre), 1690-1759. École française.
Arthémise pleurant.

Toile. — H. 0^m58. L. 0^m43.

Cadre en bois sculpté.

48 — **Penni** (Attribué à François). 1488-1528. École romaine. Piéta.

Bois. — H. 0^m73. L. 0^m57.

La Vierge assise au pied de la croix, le regard tourné vers le ciel, les bras étendus, tient appuyé contre ses genoux le corps du Christ, que deux anges soutiennent par les bras.

Cadre noir et or en bois sculpté.

48 — **Pesne** (Antoine), 1684-1757. École française. Portrait de Marie-Thérèse d'Autriche.

L'Impératrice est représentée dans ses jeunes années, en costume de cour.

Peinture d'un fini précieux : Sur vélin.

Cadre en bois sculpté et doré.

50 — **Piazzetta** (Jean-Baptiste). 1683-1754. École vénitienne. Judith.

Toile. — H. 0^m92. L. 0^m76.

Judith accompagnée d'une vieille femme, tient d'une main par les cheveux, la tête d'Holopherne, et de l'autre l'épée.

Cadre doré.

51 — **Polancos**. 1620. École espagnole. Portrait d'une jeune villageoise.

Toile. — H. 0^m97. L. 0^m75.

Cadre en bois sculpté noir et or.

52 — **Ponte** (Jérome da). 1560-1622. École vénitienne. Portrait d'un Doge.

Toile. — H. 1^m07. L. 0^m81.

Il est représenté debout à mi-corps, vêtu du costume de grand apparat.

Dans le fond la lagune; à droite, sur un pilastre, des armoiries avec une inscription latine.

Cadre en bois sculpté noir et or.

53 — **Ponte** (Léandre da). dit le Bassan. 1558-1623. École vénitienne. L'Arche de Noé.

Toile. — H. 1^m17. L. 1^m70.

Cadre en bois sculpté.

54 — **Prud'hon** (Pierre-Paul). 1758-1823, École française. Jeune fille.

Toile. — H. 0^m30. L. 0^m24.

Une toque sur la tête, les mains recouvertes d'un voile transparent, la poitrine nue. Un Amour en marbre, posé sur une table, est représenté, pleurant, couvrant de ses mains son visage.

Cadre noir et or.

55 — **Ranc** (Jean). 1674-1735, École française. Portrait d'une grande dame.

Toile. — H. 0^m49. L. 0^m37.

Vue de face, elle est représentée en robe décolletée garnie de dentelles. Un réseau orné de pierreries recouvre le buste.

Cadre sculpté et doré.

56 — **Rosa** (Salvator). 1615-1673. École napolitaine. Marine.

Toile. — H. 0^m41. L. 0^m68.

Un vaisseau, les voiles gonflées, lutte contre la tempête. Au loin, un navire en détresse. Le ciel est chargé de nuages.

Cadre doré.

57 — Rosa (Attribué à Salvator), 1615-1673, École napolitaine. Paysage.

Toile. — H. 0m60. L. 0m94.

Port de mer. — Au premier plan, des marins sont occupés autour d'une barque.

Effet du matin.

Cadre doré.

58 — Ribéra (Joseph), dit l'Espagnolet, 1588-1656, École espagnole. Saint Augustin.

Toile. — H. 0m78. L. 1m45.

Assis devant une table, l'évangile appuyé contre un crucifix, il semble de la main droite confirmer les paroles du Verbe.

Très belle œuvre.

Cadre en bois sculpté.

59 — Ribéra (Joseph). Saint Jérôme. Pendant du précédent.

Toile. — H. 0m78. L. 1m45.

Le Saint, enveloppé d'un draperie rouge, se retourne, le visage radieux, en entendant les paroles divines.

Belle œuvre de ce maître.

Cadre en bois sculpté.

60 — Ricci (Sébastien), 1659-1734, École italienne. Les préparatifs d'une noce païenne.

Toile. — H. 0m65. L. 0m47.

Une jeune fille vêtue de blanc, tenant d'une main un strygilis, se fait verser par une servante l'eau nuptiale sur la main.

Cadre en bois sculpté noir et or.

61 — Rivière (François), 1720-1770, École française. Odalisque et Pacha.

Toile. — H. 0m45. L. 0m35.

Un vieux Turc, étendu sur un sopha, écoute la musique d'une jeune odalisque. Dans le fond, vue parc.

Cadre doré

62 — **Robusti** (Dominique), fils du Tintoret, 1562-1627.
Ecole vénitienne. Portrait d'un noble vénitien
et de son fils.

Toile. — H. 1m86. L. 0m81.

A mi-jambes, la main gauche appuyée sur l'épaule de son
fils, habillé de rouge. Il est en costume noir du xvie siècle, les
cheveux courts et la barbe coupée en pointe.

Coloris vigoureux.

Cadre en bois sculpté noir et or.

63 — **Robusti** (Jacques), dit le Tintoret, 1512-1594, Ecole
vénitienne. La Mort de Sissera.

Toile. — H. 0m88. L. 1m30.

Jahel surprend Sissera endormi sous sa tente. Elle lève le
marteau pour frapper le coup mortel. Sur le casque on lit le
nom du peintre.

Cadre doré.

64 — **Rugendas** (Georges-Philippe), 1656-1742, Ecole
allemande. Bataille. Charge de cavalerie contre
les Turcs.

Toile. — H. 0m33. L. 0m44.

65 — **Rugendas** (Georges-Philippe). Bataille. Halte de
cavaliers après la bataille. Pendant du précédent.

Tableaux d'un ton clair.

Beaux cadres en bois sculpté.

66 — **Scacciati** (André), 1642-1704. Ecole florentine.
Fleurs.

67 — **Scacciati** (André). Fleurs. Pendant du précédent.

Toile. — H. 0m70. L. 0m56.

Des fleurs d'espèces variées retombent en masse d'un pa-
rapet de jardin et se détachent sur le ciel. Des papillons
voltigent autour.

Tableaux d'une brillante couleur.

Cadres noir et or.

68 — **Solazzo** *Fecit* (Signé). Sujet allégorique.

Toile. H. 0^m20. L. 0^m60

Ce tableau est divisé en trois parties :

Dans celle d'en haut, on voit devant une maison, un paysan e sa femme qui sommeillent sur un banc. Au second plan, trois lièvres prennent leurs ébats. Le sujet du milieu ne peut se voir qu'en regardant à travers une boule de verre. Au bas du tableau, cinq personnages dans une barque sont travestis et de jouent différents instruments.

Tableau fort curieux.

69 — **Strozzi** (Bernard), dit le Capucin. 1581-1644. École génoise. Bélisaire.

Toile. — H. 1^m08. L. 0^m75.

Bélisaire aveugle, conduit par un enfant, vient se désaltérer à une fontaine. Figure debout, grandeur nature, vu jusqu'aux genoux.

Cadre en bois sculpté.

70 — **Strozzi** (Zanobio). 1412, vivait encore en 1466. École florentine. Madone et l'Enfant Jésus.

Bois. — H. 0^m95. L. 0^m50.

La Madone est représentée assise. Elle tient dans ses mains l'Enfant Jésus bénissaut. Du côté gauche, à genoux, les mains jointes, le donataire vêtu de la toge écarlate des *Gonfalonieri*. Peinture sur fond or.

Beau cadre gothique à colonnettes en bois sculpté et doré.

71 — **Sustermans** (Juste). 1600-1661. École flamande. Portrait de la duchesse Victoire de la Rovere.

Toile. — H. 0^m45. L. 0^m39.

La Grande-Duchesse de Toscane est représentée en buste, vêtue de velours rouge, un collier de perle au cou, un éventail à la main.

Cadre doré.

72 — **Tischbein** (Jean-Antoine). 1720-1784. École allemande. Andromède.

Toile . — **H.** 0ᵐ43. L. 0ᵐ58.

Enchaînée au rocher, Andromède est menacée par le monstre.
Persée, armé de son épée, fond sur lui.

Peinture d'un fini précieux et d'un ton argentin.

Cadre noir et or, bois sculpté.

73 — **Tiotti** (Jean-Baptiste), dit le chevalier Malosso,
1555-1607, École italienne. La Vierge et l'Enfant
Jésus.

Toile. — **H.** 0ᵐ63. L. 0ᵐ46.

La Vierge donne le sein au divin Enfant et le **contemple**
avec amour.

Cadre doré.

74 — **Vos** (Simon de), 1603-1676, École flamande. Fuite
en Égypte.

Bois. — **H.** 0ᵐ52. L. 0ᵐ38.

La Vierge, assise sur l'âne donne le sein à l'Enfant Jésus.
Saint Joseph, qui conduit sa monture, indique du doigt les
idoles qui tombent à leur passage.

Cadre en bois sculpté.

75 — **Vos** (École des de), 1645, École flamande. Les Préparatifs d'un festin.

Toile. — **H.** 1ᵐ13. L. 1ᵐ34.

A travers les colonnes d'un vaste portique, on aperçoit au
loin un parc et un château. Des cavaliers et d'autres personnages en traversent l'allée principale. Au second plan, plusieurs femmes s'occupent des préparatifs d'un repas. Sur le
devant, des paniers de légumes et des fruits divers.

Composition originale et intéressante.

Cadre doré.

Vᵛᵉ RENOU et MAULDE, imprimeurs de la Compagnie des Commissaires-Priseurs,
rue de Rivoli, 144.   300—55187

RED. :

20

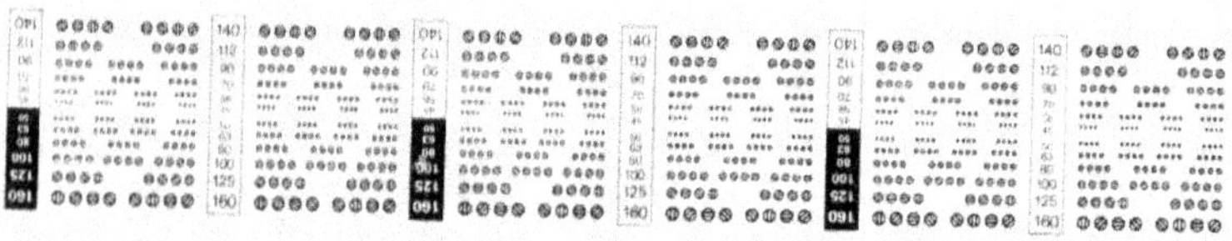

MIRE ISO N° 1
NF Z 43-007
AFNOR
Cedex 7 - 92080 PARIS-LA-DÉFENSE

graphicom

0 1 2 3 4 5 6 7 8 9 10